往復書簡

悲しみが言葉をつむぐとき

往復書簡

悲しみが言葉をつむぐとき

若松英輔
和合亮一

岩波書店

往復書簡　悲しみが言葉をつむぐとき ●目次

往復書簡

本書中、「往復書簡」は、『東京新聞』(『中日新聞』ほか)、二〇一四年四月一日―一五年三月二十四日付夕刊に隔週で掲載されました(計二三回)。「対談」は同二〇一五年四月六、七日付に掲載されました。いずれも本書収録にあたり一部、加筆・修正を行っています。

「詩人の誕生――まえがきに代えて」(若松英輔)、「いま、静寂に向き合うということ――あとがきに代えて」(和合亮一)は書き下ろしです。

詩人の誕生——まえがきに代えて

若松英輔

容易に言葉になろうとしない想《おも》いで胸が満たされたとき人は、どうにかしてそれを語ろうとしてもがく。伝えたいことがあるときよりも、伝えきれないことがあるとき私たちは、言葉との関係を深めている。奇妙に聞こえるかもしれないが、言葉とは、言葉たり得ないものの顕《あら》われなのである。

人の身体が食物を必要とするように、私たちの心は言葉を必要とする。言葉は文字通りの意味において心の糧である。言葉から離れた心は飢え、渇く。

心は、いつも二つの糧を求めている。一つは他者から投げかけられる言葉、もう一つは自らの内面から湧き上る自分自身の言葉である。

内なる言葉は、最初、いわゆる言葉の姿をしていない。想いに留まっていることもあれば、想いとして自覚されないこともある。無形の言葉、これをここでは「コトバ」と片仮名で書くことにする。

コトバは、さまざまな姿でこの世に存在している。色、音、かたち、香り、まなざし、あるいは、ふとした呼びかけとして顕われることもある。

大切なあの人との日々のありようは、はっきりとは語り得ないが、一群の色として、今も心でいきいきと感じられる、そう思う人はいるのではないだろうか。街で、ある香りに、あるいは旋律に出会う。逝ったあの人のことをまざまざと想い出すことはあるのではないだろうか。

ときに心は、コトバのままでは受け取ることができない。私たちが何かの試練に遭遇して打ちひしがれたとき、心は、言葉を切望する。

コトバを言葉にすること、それが想う、あるいは書くということだ。

想うだけでも心に言葉が宿ることがある。それを私たちは祈りと呼んできた。だが、どうしても書き記して、コトバを文字の姿に移し替えなくてはならないことが私たちの人生には何度かある。

二〇一〇年二月に妻が逝った。妻は進行の激しい再発性の乳ガンだった。日に日にやせ細り、腹水や胸水のために衰弱してゆく彼女との生活が続く。こうした生活は、看護をする側の心身も極限まで追い詰める。文章を書く余力など残っていないはずなのに私は、妻が眠りにつくと空腹に苦しむ者が食べ物をあさるように書き続けた。文字を生み出し続けなくては、自分の存在を維持できないことをどこかで感じていたように思う。

同じことは東日本震災のあとにも起った。このときは書くだけでなく、読んだ。古い本に忘れていた言葉を探すように、心の奥に記憶されていた、かつて自分を揺り動かした言葉を探した。

このとき再び出会ったのがリルケ、柳宗悦《むねよし》、石牟礼《いしむれ》道子であり、志村ふくみだった。彼、彼女らは皆、詩を書き、あるいは詩を愛した。形式としての詩よりもむしろ、切実な魂の告白としての詩が人間に不可欠であることを知る人々だった。

震災が起こったとき、言葉を失ったと公言する文学者たちが多くいた。言葉を生み出し、届けることだけが、残された唯一の仕事であるはずの文学者が、言葉を語ることを放棄するという異様な事態が続いた。

そうしたなかで、言葉を届け続けたのが和合亮一だった。彼はもともと、どちらかというと古風な詩人で、詩は紙面に発表し、それを織り重ねるようにして詩集を世に送り出していた。だが、このとき彼は、ツイッターという従来とはまったく異なる媒体で詩を謳《うた》い始めた。

当時、多くの人々が、懸命な思いで被災地に物資を届けようとした。それに呼応するように和合は、被災地から言葉を送り出していた。彼の言葉を読んだのは東北にいた人々ばかりではない。さまざまな場所にいて、経験したことのない不安と戦《せん》慄《りつ》の中にある人々が、その詩をむさぼるように読んだ。

それだけではない。彼の作品にふれ、多くの人が詩を書き始めたのではなかったか。誰に見せることもなく、ただ、自らのために詩を書くという営みがあることを発見した人は少なくなかったように思う。私もその一人だった。和合の詩を読んでいると、彼が発する言葉をまず求めているのは彼自身であるように感じられた。

彼は、誰も読む者がいなくても、あの『詩の礫《つぶて》』（徳間書店）に収められた言葉を紡ぎ続けただろう。あのとき——そして今も——彼は書き手であると共に読み手だった。

書くとは、意識の営みではない。むしろ、意識を空にして言葉の通路になることかもしれない。書くことが真摯《しんし》に行われるとき人は、自分で何を書いているのか、その全貌を知り得ない。自分が真に何を語ったかを知るためには書き手もまた、読み手にならなくてはならない。

人生を変えた、という大げさな表現はそぐわないとしても、本当に大切にしている言葉は誰にでもある。しかし、そうした言葉は大抵の場合、まったく平凡で、なぜそこに惹《ひ》かれているのかを他の人に伝えるのは簡単なことではない。私たちの心を本当に揺り動かす言葉はいつも、私たち自身の日常に潜んでいる。

しかし、どこを探しても心の闇を照らす言葉が見つからない。そう感じたなら書くときが到来したのである。自らが求めている言葉を自分で書く時節が到来したのだ。何を、どう書くかなど考える必要はまったくない。ただ、ペンをもって紙に向かう。書けないと感じたら、「書けない」と書いてみる。そのままで終わることはけっしてない。むしろ、書けない、そう思ったときが書くことの始まりになる。

人生には、避けがたく訪れる暗闇の時がある。しかし誰もがそこを照らし出す言葉をわが身に宿している。試練にあるとき、言葉は光になる。

理由はさまざまだが、人生のうちには何度か、本を読めなくなる時期がある。そんなときは焦って本に手を伸ばさなくてよい。外に言葉を探す時節ではないと、心が訴えているのである。本に書かれた言葉ではなく、自らの心に見えない文字で記された言葉を感じとることを人生が求めているのである。

あるとき、ノートにこんな言葉を書き連ねたことがある。

思ったことを書くのではない、
宿ったことを書くのだと言い聞かせる。
何を書こう、どう書こうかと思いを巡らせることは
ときに、
コトバが宿るのを邪魔することがある。
コトバの宿りにもっとも求められるのは待つことだ。
書くときにもけっして劣らない真摯な態度で待つことだ。

これが、
自分が書く最後の文章だと思って書くことだ。
今、書いている言葉は、

生者だけでなく、
死者たちにも届く、と思って書くことだ。
そして、この文章は、
誰かが、
この世で読む
最後のものになるかもしれないと思って書くことだ。

同じ一日を経験したことがある者など、どこにもいないのに人は、明日も今日と同じ一日がやってくるかのように生きている。今、生きているこの瞬間は、二度と戻ってくることがないことを知りながら、それを十分に愛《いと》しむことができないでいる。

明日は必ずやってくる。だが、そのとき、私たちが絶対にこの世にいる保証はどこにもない。大切に思う人が、今日と同じように私たちのそばにいるとも限らない。

にわかに信じることはできないかもしれないが、どれほど強く、深く誰かを思ったとしても、私たちは別離から自由になることはできない。ある日、死がやってきて、二人のあいだを別つのである。

出会いは、別れの始まり、と岡倉天心は書いた。本当だ。「また明日」「また今度」と言って、ふたたび会えることは、ほとんど奇蹟に近い。私は「明日」が来なかった経験がある。

死がその相手とのあいだを別つとき、人は半身をうばわれるほどの悲痛を経験しなくてはならない。痛みを感じてみなければ、どうしても観えてこない境域がある。悲しみをわが身に宿してみなければ、見通すことのできない場所がある。誰かを愛するとは、自らの胸に悲しみの種を宿すことかも知れない。

悲傷という言葉もある。悲しみの傷は目に見えないが、容易に癒えることがない。生きる意味とは悲しみの種子が開花するのを、その眼で見届けることかも知れないのである。

悲しみの花が咲くとき人は、悲痛のなかにいるのは自分だけではないことを知り、また、喪《うしな》った相手を自分の傍らにいたときよりも、いっそう強く、深く想い始める。こうしたとき、人はこの世で誰かを愛し尽くすことはできないのかも知れないと感じる。

悲しさではなく、
悲しみを語れ。
悲しさの度合いではなく、
世にただ一つの悲しみを語れ。
それだけが
二度と還らぬものへの呼びかけになる。

苦しさを語るな。

苦しみを語れ、
世にただ一つあって、
強き光を放つ苦しみを語れ。
それはそのまま、
生きる意味の顕われになる。

愛を語るな。
愛する人を語れ、
世にただ一人いて、
お前よりもお前の魂に近いその人を語れ。
それはそのまま
お前が知らないお前を語ることになる。

誰も聞いてくれないからといって、語ることを諦めてはならない。生まれ出ようとする言葉は、他の誰に必要なくても、私たち自身には、どうしても必要だからだ。真摯な言葉であればそれを聞く者は必ずいる。目の前にいなくても必ず存在する。

書くとは、自分と亡き者たち、そして未知なる他者への手紙なのである。

往復書簡

各書簡末の日付は新聞掲載日

若松英輔さんへ　和合亮一より

涙と死を受容するということ

春になると記憶がよみがえります。先日は、講演のために福島・いわきへと出かけてまいりました。阿武隈《あぶくま》山脈を車で越えながら、ある人からうかがったお話が浮かんできました。

津波がやって来て、数日が経《た》ったある日に、いわきの沿岸で救助活動をしていた消防団の方々が、畳の上に座って浮かんでいるご老人の姿を発見したそうです。慌ててロープを投げて摑《つか》まるように言いました。彼は一生懸命にそうしようとしますが、何日も漂ったからでしょう……、手に握力が残っていません。

摑んでは離してしまうということを何度も繰り返します。消防団の方々は必死に促します。少しでもそれを摑んだのが分かると岸へと引き寄せますが、やはり途中で離してしまう。力尽きて彼は、静かに海へと沈んでいってしまうのです。姿が見えなくなる寸前に、彼は男たちに声を振り絞りこう言いました。「立派ないわきを作ってくれ」。私にこの話をしていた方は、こういってわっと涙を流しました。私も同じく涙が出ました。

そもそも私は涙もろいほうではないのです。震災後の心の後遺症とでもいうのでしょうか、抑えられなくなってしまうようになりました。でも私だけではなく、同じようにもろくなったとおっしゃる方が周囲にはたくさんいらっしゃいます。

取材ばかりではなく、講演中のお客さんの前でも、机の上で詩や文章を書いている時でも、涙を禁じなくなりました。私はある時から、それこそが物差しであると感じるようになりました。震災後の心の出口を全く見つけられないような毎日の中で、それだけが何かを推し量ることができると思うようになったのです。

若松さんの新刊『涙のしずくに洗われて咲きいづるもの』(河出書房新社)を手にして、読み始めたばかりです。いずれこれからの手紙のやりとりの中で、この新しい書物のみならず若松さんの様々なご著書から感じたことをきちんとお伝えしたいです。「現代はいつからか「涙」を封じた」と問い、「いつまでも泣いていてはいけない」という現代の日本人の精神の風潮の貧しさに違和感を語っておられますね。涙は心が壊れないために流すもの……と、ある心理学者から教えていただいたことがあります。今の日本には〈涙のしずく〉のまるごとを、もたらされた死の重たさのありかを、受容する文化の思想が根本的に足りないのではないでしょうか。

日本人におけるレクイエム(鎮魂)の感性の有り様《よう》を私は震災から三年が経ち、あらためて見つめたいと思っています。会場入りまで時間があるので春の海辺へ。磐城平の地を悠々と行く雲と静かな潮凪《しおなぎ》の風景を、波間の今を生きる同じ生年の親愛なる思想家へと届けます。

(二〇一四年四月一日)

和合亮一さんへ　若松英輔より

不可視な涙に言葉を

お手紙ありがとうございました。謹んで拝読しました。また、拙著をお手にとってくださいました由、感謝申し上げます。

言葉は、書かれることではなく、むしろ、読まれることで完成する。真実の言葉はいつも、読者の心の中にあるように感じられます。さらにいえば、書き手とは、実のところ自分が何を書いたのかを知らない者なのではないでしょうか。

往復書簡を始めさせていただけると新聞社の方からうかがったときには驚き、大変うれしく思いました。ことに震災以後、和合さんに深く関心を寄せていたのです。

和合亮一という詩人が、なぜ今、言葉を発するのか。この詩人を動かす働きはどこからやってきて、どこに向かおうとしているのかという問題をしばしば考えてきたように思います。

手紙の交換が始まる前に、ぜひ一度、和合さんにお会いしたい、当初はそう思いました。しかし、考えてみると手紙とは、本当は会いたいけど何らかの理由で会えない人に送るもので、こうして便りをさせていただくのだから、今は会わずともよい、きっとお目にかかる時機がある、そう思い直した次第です。

さて、先のお手紙では涙をめぐってお話しくださいました。涙は、私にも大きな問いであり続けています。確かに涙を流している人は、今も沢山いる。しかし、この数年来、ひたすら想いを重ねているのは「見えない涙」なのです。

悲しみがきわまると、頰《ほお》を伝う涙は涸《か》れる。悲しみは外からはうかがえなくなる。しかし、見えない涙は心を烈しく流れている。こうしたことは誰もが経験しているのではないでしょうか。平然そうに見える人々の心にも、不可視な涙があふれている。しかし世は、なかなかそれを認めない。

見えないことと無いことは違います。見えなくても確かに存在している。私たちはそれをはっきり感じている。

人々の心にあって、容易に言葉にならない呻《うめ》きに言葉のからだを与えること、それが詩人の使命なのだと和合さんの姿を見ながら感じております。

（二〇一四年四月八日）

若松英輔さんへ　和合亮一より

投げ返される言葉の力

お手紙の中の「見えない涙」という言葉にはっとしました。

私は震災の時、何度も見える涙を流しました。家の中に閉じこもり、言葉を紡ぎながら、止まらずに幾度も眼ににじませていました。

直接にそれらの言葉を、ツイッターに発表しました。キーを打つ指と書こうとする心は止まりませんでした。それは私の眼尻に涙のぬくもりの感触がいつもあったからです。それはほぼ一カ月も続いた、およそ一〇〇二回と数えられた余震と無言なる放射能の、体と心への直接の訴えによるものに他ならなかったのかもしれません。

そして三年が経ち、これから長く向き合っていかなくてはいけないのは、若松さんが語ってくれた「見えない涙」だと確かに感じています。

お手紙で若松さんが、震災の時の私の詩作を追って下さっていたことを知りました。感謝いたします。「詩の礫」を書いていた時に私を支えてくれていたのは、それを読んでツイッター上にすぐに投げ返してくれた、数多くの方々のメッセージでした。

読んで下さった方の声がすぐにやって来る……、これまでの創作の現場にはない机の上の光景でした。怒りと絶望の心に閉じこもり書き続けた心の呟《つぶや》きであったのに、精神をしだいに目覚めさせてくれたのは、投げ返されてくる見知らぬ読み手たちの言葉でした。その力は凄《すご》いと思いました。一個の人間の心を救い出すエネルギーに満ちている、と。

震災の時に、言葉を失ったと誰しもが言いました。しかし私はやはりそれを言葉で取り戻すしかないのだと覚悟してきました。災いの後に、津波でなくなった知人への鎮魂のための詩をずっと作り続けています。筆を動かしたり、中空を仰いだりしながら、不可視の〈涙〉をずっと流し続けても良いのだと日々、言葉そのものに教えられています。

（二〇一四年四月十五日）

和合亮一さんへ　若松英輔より

情愛と結びつく悲しみ

人はしばしば、自分が泣いていることを知らないことがある、そう思うようになりました。見えない涙が心の中に流れるとき人は、そのことに気が付かない。しかしその魂は、頬を濡《ぬ》らすときと同じように、また、それよりも深く悲しみを感じているのかもしれません。

昔の人は、「かなし」を、悲し、哀し、とだけでなく、愛し、あるいは、美しとすら書いて、「かなし」と読みました。悲しみはいつも、深い情愛と結びつき、美としか呼ぶことのできない何ものかを伴って顕われることを、古《いにしえ》の人々は、はっきりと感じていたのだと思われます。

妻を喪ったことを契機に、死者の形而上学を語り始めた哲学者田辺元《はじめ》は、その思想の核心を表す言葉として「悲愛」という表現を用いました。新しい言葉なのですが、どこか懐かしい感覚を抱かせる言葉でもあります。

この一語を、内心の真実を語る言葉として用いる、別な人物に出会ったことがあります。私の師、カトリックの司祭である井上洋治神父です。新約聖書の福音書に描かれたイエスの生涯は、「悲愛」の一語に収斂《しゅうれん》する、と彼は考えました。また、彼にとってキリスト者であるとは、悲愛が顕現する場になるということでした。

震災後、巡りあわせで私は、不可視な隣人である死者をめぐって文章を書くようになりました。そのとき、よみがえらせたいと願ったのは悲愛の感覚です。田辺元が語る悲愛の底には、「大悲」あるいは「悲願」を唱える仏教の伝統があります。

井上神父は、無償の愛を意味するギリシャ語「アガペー」を伝えようと、日本人の魂に直接語りかける言葉を探し求め、悲愛の一語にたどりつきました。

和合さん、私があなたの詩に感じているのも悲愛です。この深みから湧き出るような感情は、悲しみとは、痛みの経験であると共に情愛の源泉であることを教えてくれているようにも思われます。この古い心情は私たちに、人は悲しみを生きることによって、自分が思っているよりもずっと豊かに、また確かに、他者を愛することができることを告げ知らせているように思われるのです。

（二〇一四年五月十三日）

若松英輔さんへ　和合亮一より

詩に宿したい「かなし」

悲し。哀し。愛し。美し。これらを古人がみな「かなし」と読んでいたこと。私もある時に書物で知り、短く切なく、心に一つの言葉の調べが響いてきたことを覚えています。人が抱える喪失感の本質というものを、昔から人に伝えてきたかのようです。

震災後、不可視な隣人である死者をめぐって、しだいに文章を書くようになったと語って下さいました。私も同じ気持ちです。振り返ると震災前、仲の良かった祖母を失った時から、折に触れて自然と詩や文章にその姿を追いかけてきたように感じます。亡くなってから十数年が経つのですが、今もなお心の中で話しかけている自分に気がついています。

今もなお、想像の源泉を見えない存在からもらっている気がします。幼いころから様々なことを語ってくれた祖母でした。亡くなってからも、世界の新鮮さを、不可視の傍らで伝えてくれています。四十も半ばを過ぎて、幼い子どものままの自分の感覚に気づいています。

震災後、様々な家族の死別の場面に接しました。生き残った人々は今もなお「かなし」という響きがめぐっているままだと思います。命の行き場を考えるようになりました。

今日の朝、車の通勤途中に、ふと目にしたお地蔵さんの姿がありました。悲しくて愛《いと》しくて仕方がなくなりました。この間、このような小さな手紙が福島・相馬の浜辺に置かれてあったことを心に浮かべたのです。「こわかったね　ぜったい　わすれないからね」「こわい思いが　なくなりますように」。母が失われた子に宛てた短いメッセージなのでしょう。それに触れた記憶が切なさと慈《いつく》しみを強く想わせてくれました。母の言葉は、私の心の中で今も息をしています。それはずっと涙を流しています。

詩に何ができるだろう。鎮魂の詩行を書きながら、かけがえのないものの持つ「かなし」をそこに宿したいと願っています。それは可愛《かわい》らしい石仏に子どもの影を追うことと似ています。そのような古来の感情を、日本人は今こそもっと語り合わなくてはならないと直感します。

（二〇一四年五月二十日）

和合亮一さんへ　若松英輔より

詩は開かれた文学

容易に口に昇ることもなく、また、文字にすることも難しい。そんな封じられた想いに、言葉という肉体を与えるのが詩人の役割なのでしょう。

震災があった日からずっと和合さん、あなたは、手紙を届ける郵便配達夫のように詩を書いてきた。冬、雪深い集落に一通のはがきを送り届けるように詩の言葉を生んできた。

無数の詩を書く。あなたはそれぞれの詩が、究極的にはいつも、ひとりの人に宛てられた詩神からの手紙であるかのように詩を書く。あの日以来詩は、あなたの内心の表現の手段ではなく、むしろ、あなたが詩に用いられている。詩人とは、生ける言葉の通路となることであることを体現している。

震災のあとほどない時期の詩作を振り返ってあなたは、こう書いたことがある。

私が願っていたことは、書き続けていく中で、私の言葉に何かが宿ってほしいということである。その宿りから、私は何かを始めたいと思ったのだが、今、思い返してみると、求めていた〈宿り〉とは、やはり詩そのものを…ではなかっただろうか。（「「詩の礫」の本当の始まり」『心に湯気をたてて』日本経済新聞出版社）

詩人とは、詩に宿られた、ひとつの魂の呼び名だというのでしょう。

書くだけでなくあなたは、しばしば人々の前で詩を読む。このとき詩は、知の力で理解される記号ではなく、情《こころ》で感じられる真実の意味での「詩」になる。詩は、魂に眠っている、もうひとつの詩の言葉を呼び覚まします。

あなたの詩にふれ、いったい何人の人が詩を書き始めただろう。無数にいるだろうそんな人々は、詩集を編むことはなく、それどころか、自分の書いたものを誰かに見せることもないかもしれない。でも、その人たちが詩を書いた、という出来事はけっして、打ち消すことはできない。

詩の言葉は、今も生まれつづけている。詩は、詩人によってのみ謳われるのではなく、むしろ、もっとも開かれた文学の姿であることを、あなたは、思い出させてくれたのです。

（二〇一四年六月三日）

若松英輔さんへ　和合亮一より

人それぞれに宿る詩

詩とは、どのようなものなのか。震災後、よく考えるようになりました。私の出した結論は、詩とは詩人だけのものではない、というとても簡単な一言です。福島で震災に直面した瞬間、すっかりとこれまでの言葉を失ってしまったように思いました。しかし余震や放射能の恐怖にさらされているうちに、詩作の経験や記憶が自分の内側でうごめくのを感じました。詩というものにずっと青春時代から心を奪われてきて、いくつかの詩集を出してきたというだけの私でしたが、災いを前にして頭ではなく体の底で呟いている何かがあることに気づきました。そこに心を向けたいと本能的に思いました。

事態はどんどんと人を追い詰めるようになりました。家族も含めてみなが避難した後で「福島は終わりだ」と独りで口にしました。孤独の本質を知りました。本震と同じほどの余震と高い放射線量に怯《おび》えながら、自分のためだけに詩を記してみたいと望みました。

極限へと追い詰められると、好きなことだけを考えたいと思うようになるのですね。ある意味で逃避行動と呼べるものかもしれません。みっともなくもそれにしがみつきたい、すがりつきたいという気持ちでした。机にかじりつきながら、戦争末期にシベリアで抑留され、亡くなってしまった祖父のことを考えました。詩や文学を愛して、歌を作っていた彼は、死ぬ間際に極北の空に何を思ったのだろうか。彼のその後の言葉を受け継いでいきたい。

現代詩の一部の書き手たちはすぐに、これは詩であり、これは詩ではない、と決めつけてしまって譲りません。私もその中の一人でした。しかし震災後、幻想の中に居たことを実感します。詩とは何なのか。人それぞれの生き様や仕事に、詩は宿されていくものであると確信します。それを小さくとも掘り起こすことのできる人が、それなのかもしれない。若松さんの思想家としての姿勢にも〈掘り起こすこと〉の眼差《まなざ》しを見ています。

（二〇一四年六月十日）

和合亮一さんへ　若松英輔より

リルケとの再会

詩人と自称する人々が、これは詩である、詩ではないと決めつけるとのお話、とても興味深く、また、強い憂いをもって読みました。同じことは私たちの日常生活のさまざまな場面でも見ることができると思われたからです。

新しい地平を切り開いてきた人々はしばしば、その時代において異端者であると断じられてきました。イエスは、ユダヤ教の世界で異端者として裁かれました。浄土宗は親鸞を異端だと言いました。ゴッホの絵は、生前には一枚しか売れず、八木重吉のような詩人も生前にはほとんど正当な評価を受けることはありませんでした。

しかし、後世に生きている私たちは、時代に埋没したこうした人々の営みに強く共感する。魂が共振する。それらの軌跡にふれる前と後では自分が違うように感じる。

こう書きながら私は、リルケのことを思っています。震災後、なぜかこの詩人を再び読み始めていました。何かに導かれるように『ドゥイノの悲歌』（手塚富雄訳、岩波文庫）を手にしていました。作品を味わうというのではなく、むしろ、そこに現出している言葉を生きたいと願っていたように思います。

この作品でリルケは、詩作とは、自己の内心の表現であるよりも、死者と天使から託されたことを言葉に刻み、世に在らしめることだと語ります。ここには現代の文学が忘れている大きな問題があると思うのです。和合さんが詩作を通じて問いかけているのも同質の問題なのではありませんか。

作品に向かいながらリルケは、多くの人々に手紙を書いています。彼の手紙を受け取ったのは必ずしも親しい人ばかりではありません。彼は、会ったことのない市井の人々に、じつに真摯な、多くの手紙を書き送っています。この事実は彼が、誰を真の読者だと感じていたかをはっきりと物語っています。

リルケとの再会は、私にとって書く、という行為を決定しました。リルケには定まった詩の形式などありません。彼にとって問題だったのはいつも、生ける言葉との邂逅《かいこう》というべき出来事だけだったのです。

（二〇一四年六月十七日）

若松英輔さんへ　和合亮一より

生の息遣いを感じて書く

ツイッターやフェイスブックに詩を書くということを、震災後から続けています。震災前までは、インターネット空間にも、あるいは横書きにも、大きなとまどいを持っておりました。詩は、紙の上に縦書きで書くのだというこだわりが強くあったのです。恐らく私の活動について先輩詩人たちが違和感を抱く理由の一つは、〈紙〉と〈縦書き〉ではない場所に作品を書くという、一つの禁じ手を破ってしまったことにあるのかもしれません。

実は何よりも私自身が、私の中の封印を解いてしまったという印象があります。

しかし今回の震災は、私たちの当たり前の日常をすっかりと覆しました。幾人かの詩人たちは言葉を失ったと呟きました。私も同じ思いでした。そして、今までの方法からは何も生み出せないということだと直感しました。非日常の世界が目の前に広がった時、現実への対峙と詩作の姿勢は百八十度変わらざるを得ない。今もなおそれを模索しています。

それが私にとっては、誰かに手紙を書くようにして詩を紡ぐということだったのかもしれません。ツイッターなどのSNS〈ソーシャル・ネットワーキング・サービス〉に詩を投稿すると、例えば一分の間に、いくつかのリアクションが返ってきます。それを感じながら、次を書いていく。するとすぐにまた返答がある。震災直後、ほとんど毎晩のように、見知らぬ数多くの人々の存在に支えられました。若松さんにとっての大切なキーワードである〈魂の共振〉が、私なりにそこにあったのかもしれません。

パソコン上の画面が呼吸をしているように感じました。モニターを通しながら、さまざまな生の息づかいを感じたのです。余震の振動がしきりに続く中で、それは〈共振〉への目覚めのようなものだったのかもしれません。「おかあさん　また会えるといいですね」と避難所で、言葉を記して机の上で眠ってしまった、母親を亡くした女の子の写真を新聞で見かけました。見つめた誰もが共に見えない涙を流したと思います。可愛らしいその子の顔を乗せた母への手紙の上の文字に、私たちが守らなくてはならない何かが託されていると思いました。若松さんが示した「生ける言葉との邂逅」。それを求めつづけること。詩の形式は自然にそこに宿ってくるのかもしれません。

（二〇一四年七月一日）

和合亮一さんへ　若松英輔より

「いのちの証」の追究

先日、今年の五月十一日に亡くなった𥶡雄二《こだま》さんの追悼会に行ってきました。参加しながら詩人の役割を思い、和合さんのことを考えていました。

ご存じのとおり彼は、大変優れた詩人であると共に「ハンセン病違憲国賠訴訟全国原告団協議会」（全原協）の会長を長くつとめるなど、社会活動家としても指導的な役割を担った人物でした。

今年の三月に作家 姜《きょう》信子さんが編集した『死ぬふりだけでやめとけや』（みすず書房）という𥶡さんの詩文集がでました。以来、折にふれこの一冊を読む、というよりも文字通りの意味で対話するように手にしています。

言葉を交わす相手は谺さんだけではなく、彼に言葉を託した、彼がいう「病友《とも》」たちでもあるのです。谺さんにとって詩を書くとは、自分の思いを顕わにすることであるよりも、言葉を奪われた人々の思いに、言葉という「すがた」を与えることでした。

この本で谺さんは、ハンセン病をめぐる人権運動を通じて人々が追究するのは「いのちの証《あかし》」だと書いています。ハンセン病を生きる人々にとって「人権」は「いのちの証」とまったく同義であることが、この本を読むとよく分かります。

政治的問題として、ハンセン病問題が論じられるときには「人権」という言葉が用いられる。しかし、その底には「いのちの証」としか表現できない、なまなましい詩情を呼び起こす何かが流れている。谺さんはこう書いています。

ライは長い旅だから

今日が明日へつながると信じていい

ある詩人は、「ライ者は来者」と書いた

「人権」問題は制度的に改善されるかもしれない。しかし、「いのち」の問題は制度や補償ではけっして解決されない。それはどうしても昔の人々が「情《ココロ》」と呼んだものの営みによって受け止められなくてはならない。そのとき、最初の営みとなり得るのは、こうした詩を読むことではないかと感じるのです。

（二〇一四年七月八日）

若松英輔さんへ　和合亮一より

水平線を眺めていた夏

幼かった頃の息子と初めて一緒に海に行ったことを思い出します。海が隠れている堤防の近くまで自動車でそうっと近づき、階段を登っていくことを促しました。目の前に広がる太平洋。その上で大はしゃぎする彼。海水浴のお客さんたちに混じり、いつまでも水平線を眺めていたことを、夏になると思い出します。

昨年の春になりますが、ヘリコプターで浜辺を俯瞰《ふかん》しました。震災から二年が過ぎて、すっかりと整理がなされていました。家や船や車、その他の瓦礫《がれき》なども含めて、ほとんどそれが見当たらない。まっさらな光景が続きました。幼い彼と登ったあの場所だけが、わずかに残っているのが分かりました。高い空からそれを確認することができた時に、涙があふれてきました。周りのたたずまいも一緒になって心にやって来ました。震災前の豊かな浜辺の姿を一瞬だけ鮮やかに甦《よみがえ》らせてくれました。永遠を約束していた潮鳴りと共に。

今、相双《そうそう》（相馬と双葉）の海辺に立ったとしても、海水浴をしている人の姿を見かけることはまずありません。福島に住む私たちは、海に対して大きな喪失感を抱えています。悲しすぎるからなのかもしれません。思い出を、口にすることすらもありありません。このことは、とても大きな問題だと考えています。

法的に云々ではない、大きな権利が今、剝奪《はくだつ》されています。波打ち際で夏を感じること、浜辺でスイカやとうもろこしを食べること、麦わら帽子を被って海で遊ぶこと、その人々を見つめること、堤防で一日魚を釣ること……。自然を生きる〈権利〉が奪われています。幼い頃に与えてもらったこれらの時間を、福島の子どもたちにそのまま手渡したい。

上空から変わり果てた砂浜を眺めて、こんなふうに思いました。あそこに残された〈堤防〉のような言葉を見つけたい。あり得るべき何かをいつも強く呼び覚ます詩を書いていきたい。ハンセン病の問題とこつこつと闘ってきた谺雄二さんの詩作品に、私も惹かれます。

（二〇一四年七月十五日）

和合亮一さんへ　若松英輔より

人生の真実を謳う

先日、詩人の岩崎航《わたる》さんに会うために仙台に行ってきました。三歳で筋ジストロフィーになって以来彼は、ベッドの上で暮らしているのですが、昨年、『点滴ポール　生き抜くという旗印』（ナナロク社）と題する詩集を出しました。

この詩集に出会ったのは数カ月ほど前です。文字通り心打たれました。和合さんもお読みになったかと思います。彼は肉体的な生活の自由を著しく制限されている。しかし、それゆえに見えて来る世界を言葉に刻み込もうとする。彼は、いわゆる詩壇で活躍しているわけではない。しかし、彼の言葉にはたしかに詩が宿っている。

作品を読み、私は、詩人岩崎航はむしろ、伝統的な詩人だと思った。詩を書こうと彼が思うより先に、彼に詩が宿っていたことが、詩集を読むとよく分かります。

かつて詩人は単に自己の内心を表現する者ではなく、己に宿った時代の、文化の、あるいは未知の他者の叫びを同時に謳った。岩崎さんの作品にもそうした詩の叡知《えいち》が生きている。彼は「五行歌」と呼ばれる形式で謳います。

誰もがある
いのちの奥底の
燠火《おきび》は吹き消せない
消えたと思うのは
こころの　錯覚

燠火とは静かに燃える炭火です。ここに刻まれているのは彼自身の内心の呻きであると共に、万人の魂に消えない焔《ほのお》が宿っていることへの頌歌《しょうか》になっている。個を語ることがそのまま他者に開かれていくという不思議を実現している。さらに彼はこう記しています。

残すこと
生きた証を
残すこと
このように
生きたと

「生きた証」を残すのが自分の悲願だというのではありません。それはすべての人に託された神聖なる務めだというのです。先に書いた谺雄二さんの詩文集を開くとまったく同質の言葉に幾度となく出会います。生活の自由を制限されている者によって人生の真実が謳われている、これらの事実を忘れまいと思うのです。和合さんが書いて下さった浜辺を喪った子どもたちにもまた、詩が宿っているのではないでしょうか。

（二〇一四年七月二十二日）

若松英輔さんへ　和合亮一より

錆びた自転車の再生

サイクリングが趣味でした。震災後は、全く乗らなくなりました。三年の間、雨ざらしにしているうちに、いろいろな部分が錆《さ》びてしまいました。ある日、その様子を見て、我に返ったような気持ちになって切なくなりました。新しいのを求めるのではなく、腕のいい自転車屋さんに、部品の交換などをお願いしたりして、手入れをしていただこうと思いました。三カ月かかりましたが、心を込めて直して下さいました。

今日は、朝四時ごろに起き出して、誰もいない涼しい夏の道を走りました。五時前ぐらいには東の山から、朝日が顔を出しました。広い水田地帯を走っていると、はるか山間を太陽が昇ってくる瞬間がはっきりと分かりました。真夏の太陽の力は圧倒的です。夜明けが一気にやってくる気がしました。私の心にも、何かがみなぎってきたかのようでした。

最近になって『野馬追《のまおい》を生きる　南相馬を生きる』（阿部珠樹、イースト・プレス）が刊行となりました。家族や親戚を津波で十二人も亡くしてしまっても、さまざまな葛藤を経て、千年近く続いてきた騎馬武者たちの勇壮な祭り、……相馬野馬追祭りを続けるために尽力しようとする、菅野長八さんの姿を追ったノンフィクション。娘さんのご遺体は見つかりましたが、妻、息子、母の姿は確認できていない。皆も同じ状況。祭りは続けられないと菅野さんは思われたそうです。津波の知らせを受けて、菅野さんの甲冑《かっちゅう》を取りに一人で家へと急ぎ戻った折りに、娘さんは波に巻き込まれてしまったのではあるまいかと自分を責めています。

彼のみならず、ほとんどの相馬人は開催をあきらめます。しかしやがて泥の中から次々と発見される鎧《よろい》・甲冑を皆で丁寧に洗っているうちに、千年も続けてきたこの祭りをやり抜こうと、一人ずつはっきりと思い立ち始めるのです。この場面に、浜で生き残った人々の鎮魂と再生の祈りが強く宿っているかのように感じました。朝の強い光と雲を見上げて、自転車を停《と》めて、手を合わせました。

（二〇一四年八月五日）

和合亮一さんへ　若松英輔より

八月の死者のために

八月になりました。六十九年前の八月六日は広島に、九日は長崎に原子爆弾が投下されました。

今日は、先のお手紙で和合さんが書かれたように「新しいのを求めるのではなく、腕のいい自転車屋さんに」直してもらい、改めて今のままの自転車に乗ってみるように、先人が残してくれた言葉をめぐって考えてみたいのです。

原爆投下後の広島を描き出した原民喜《はらたみき》の小説「夏の花」（『小説集　夏の花』岩波文庫）には次のような一節があります。

今、ふと己《おのれ》が生きていることと、その意味が、はっと私を弾《はじ》いた。
このことを書きのこさねばならない、と、私は心に呟いた。

この小説は、主人公が亡き妻の墓参りをする場面から始められます。言葉では述べられていませんが、書くことを彼に強く促したのは、妻を含む死者たちであることが作品を読むとはっきりと感じられます。

今年の五月、講演で広島市に行く機会がありました。このとき、原民喜研究者の竹原陽子さんと民喜の遺族である原時彦氏と共に、民喜が被爆した生家から彼が「夏の花」の原型となる手記を書き始める場所まで一緒に歩いてみたのです。

本当に特別な経験でした。それは民喜と、そして死者たちの声にならない「声」を聞くといった出来事でした。さらにこの旅で、導かれるようにして出会ったのが詩人栗原貞子さんでした。「八月の死者たちのために」(『栗原貞子詩集』土曜美術社出版販売）と題する作品の冒頭に彼女は「八月の死者たちのために／ことばをきたえよう」と記し、こう謳います。

死者たちをして語らしめよ
死者たちよ、そちらの方から
私たちの生きざまがよく見えるだろう。
死者たちの無念は炭化し
黒く凍結したままなのに
生き残ったものの記憶は腐臭を放ち
あの日の真実を語ることはできない

そして、この詩は、次の一節で終わるのです。

一度目は　あやまちでも
二度目は裏切りだ
死者たちへの誓いを忘れまい。

こうした優れた詩は、いつまでも読まれ続けなくてはならない。読むことは生者に託されたひとつの務めだと思うのです。

（二〇一四年八月十二日）

若松英輔さんへ　和合亮一より

〈脆弱〉の一言が刺さる

夏の終わり。飯舘《いいたて》の村を通っていくと、無作為に生い茂っている草木が目に飛び込んできます。全村避難から四回目の夏。この村はいつも手入れが行き届いていて、美しい山野の風景が連なっていて、それを眺めながら車を走らせるのが好きでした。夜には水田で蛙《かえる》が大合唱していた、その清々《すがすが》しさを思い出します。今は残念ながら、人の気配のない田んぼや野原では、八月の植物が伸び放題になっています。

村の隣には避難を余儀なくされた山木屋《やまきや》地区があります。ここも緑豊かなところでした。私は山木屋に住む生徒の担任をしていたことがあります。家は大規模な牧場を営んでいました。自然に囲まれて農業や放牧を営んでいる農家がとても多かったです。

ある日、地区に一時帰宅をした老夫婦がいらっしゃいました。久しぶりに家に戻り、庭から親しみある風景を眺めた奥さんは、もう戻りたくないと旦那さんにいいました。そして翌日の朝早くに、ガソリンを被って、焼身自殺をなされました。

妻の無念を晴らすため、旦那さんは裁判で争う決意をしました。東京電力側は、女性の「個体側の脆弱性《ぜいじゃく》」の影響にもよるものというコメントを出しました。この事実を初めて知った時、思わず「脆弱……」と力なく、呟いてしまったことを覚えています。

先日、地裁で判決が出て、東電側に損害賠償を命じる判決が下されました。私はまた独り言。賠償が施されたとしても、奥さまが戻ってくるわけではないだろうに。それからは〈脆弱〉という一言が、トゲのように心に刺さっています。

先祖代々から伝わる「山木屋太鼓」の伝統を、避難しながらもずっと守り続けている教え子もいます。仲間といろいろな場で太鼓を打ち、公演活動を続けています。それを耳にする度に惹かれます。あの野山の雄大さが、鼓動と共に目の前に現れてくるようです。

心の奥の底まで、魂というもので満たされてくるように思うのです。

（二〇一四年九月二日）

和合亮一さんへ　若松英輔より

こころが見えない言葉

東京電力が、自殺した女性をめぐって「個体側の脆弱性」に起因すると語り、自社の責任を回避しようとしたというニュースを見たとき、私も強い憤りを覚えました。発言した者たちに対してより、こうした言説がはびこる現代に対しての怒りでした。

和合さんは「脆弱性」に強い抵抗を感じられたようですが、私はむしろ、「個体」という表現に強く抗《あらが》いたいと思いました。この一語にはまったく「こころ」の存在を感じることができなかったからです。同時に、この言葉によって語られる人間からは、存在の固有性を認識することができなかったのです。

二人の人間が存在することと、二つの「個体」があるのは違います。人が二人いると言うときにはいつも、目には映らないがしかし、かけがえがない、それぞれの人生が同時に想起されます。ですが二つの「個体」の場合は違う。むしろ、同じものが二つ並んでいる可能性も強くある。「個体」と言うときには、こころ、あるいは魂などは存在しないことにする、という暗黙の取り決めが示されている。そこには、心を傷つけられた人がいるならば、心など存在しないことにすればよい、という意図すら感じます。

染織作家の志村ふくみさんが『一色一生《いっしょくいっしょう》』(講談社文芸文庫)という本のなかで、十八世紀ドイツの作家ノヴァーリスの一節を引いています。


すべてのみえるものは、みえないものにさわっている。

きこえるものは、きこえないものにさわっている。

感じられるものは感じられないものにさわっている。
おそらく、考えられるものは、考えられないものにさわっているだろう。

感覚的世界はいつも、感覚の彼方《かなた》の世界とつながっているというのです。この言葉は一見すると不思議なように感じられますが、むしろ、私たちの日常の実感に近いのではないでしょうか。

哲学者の井筒俊彦は、コトバと片仮名で書くことで、言語とは異なる姿をした、生ける意味のうごめきを表現しようとしました。「神のコトバ――より正確には、神であるコトバ――」との一節が、彼の主著『意識と本質』(岩波文庫)にはあります。

世界とコトバが響き合う地平をもたらすこと、世界とコトバのあたり前の関係を取り戻すこと、それは現代の文学者に託された大切な務めなのかもしれません。

(二〇一四年九月九日)

若松英輔さんへ　和合亮一より

命はそう簡単には終わらない

とにかく生の声を記録したいと思って、震災の直後から、インタビューを続けてきました。南相馬市鹿島区の消防団の団長を務めていらっしゃった方にお聞きした時のことを思い返しました。

団は百五十数人の組織でしたが、原子力発電所の爆発の直後、大部分の方々は避難をなされました。十数人だけになってしまったそうです。それでも沿岸部の救助と捜索活動を、早速に始めたそうです。様々な生死の場面に遭遇なされたことをお伺いいたしました。残った仲間たちで、たくさんのご遺体の一つひとつを回収なされた体験談は、時に想像を絶する内容でした。しかし励まされたお話もありました。

津波から四、五日ほど経った日。野球場の大きな水たまりに浸かったままでご年配の女性が倒れていらっしゃった。近づいてみると「助けて」という声が唇からかすかに聞こえてきて、急いで担ぎ上げて病院へと搬送。一命をとりとめることができたそうです。「命はそう簡単には終わらないのだ」とこの時、自分に何度も言い聞かせたそうです。

時間の経過を止めることはできません。わずかな人手に限界を感じて、しだいに焦りが生じてきました。浜辺を歩いている時に、砂の中から出ている人の指が見えたそうです。ここに誰かが埋まっていると分かり、全員を呼び、スコップで懸命に掘りあげました。

地中にあって守られていたからなのでしょう、そのままのご遺体が眠るようにしてあったそうです。我慢して今まで誰も泣かなかったのに、そのきれいな体を見つけたとたんに皆で涙があふれ出して止まらなかった、と。

前のお手紙の中のノヴァーリスの一節。私たちの心とはいつも、その波打ち際のようなところにあるのです。

（二〇一四年九月十六日）

和合亮一さんへ　若松英輔より

北條民雄の生と死

先月、作家北條民雄《ほうじょうたみお》を記念する展示会があり、徳島市に行ってきました。今年、北條は生誕百年を迎えます。彼の生原稿や書簡、愛用していた万年筆、そして川端康成が彼に送った手紙がありました。そこには「七條晃司《しちじょうこうじ》」という彼の本名も記されていました。

ご存じのとおり、彼はハンセン病でした。もともと感染力が弱く、今では完治するこの病も、かつては状況が違っていました。罹患《りかん》した者は名前を変え、家族に累が及ばないようにしなくてはなりませんでした。ハンセン病の告知を受けたときのことを北條は次のように書いています。

不意に「ああ俺はどこかへ行きたいなあ。」という言葉が自分の口から流れ出た。言おうと思って言ったのではなかった。自分の中にいるもう一人の自分が、せっぱつまって口走ったように、客観的に聴えた自分の声であった。泣き出しそうに切ない声であったのを、私は今も忘れることが出来ない。（「発病」『北條民雄　小説随筆書簡集』講談社文芸文庫）

このとき彼は二十歳でした。私がはじめて北條の作品を読んだのもちょうど二十歳でした。今でもそのときの記憶は、まざまざとよみがえります。振り返って見ると、書くことを人生の中軸に据えたいと願うようになったのも、彼の作品を読んだことが重要な契機だったように思われます。

同じ作品で彼は、生と死をめぐって次のように記しています。「しかし結局死は自分には与えられていなかったのである。死を考えれば考えるほど判《わか》ってくるものは生ばかりであったのだ」。

彼は二十三歳で亡くなりました。一方私は、生とは何であるか一向に分からないまま、倍の歳月を生きたことになるのです。

奇妙に思われるかもしれませんが私は、死んだあと、先に亡くなった人に会えると確信的に感じています。私は生後四十日足らずで洗礼を受けたカトリックですが、その信仰の帰結とはほとんど関係のない、自分の中に生きているもっと古い何かに直結するような強い実感がある。

親族を別にすれば、北條さんはすぐにでも会いたいと願っている一人です。思わず「北條さん」と書きましたが、初めて作品を読んで以来、彼は、長く親交を深めてきた敬愛する目上の友人のように思えてならないのです。

（二〇一四年十月七日）

若松英輔さんへ　和合亮一より

人生の切符くれた「師」

若松さんが北條民雄という作家を、お会いしたことがなくても、年月の経過と共に「親交を深めてきた敬愛する目上の友人」だと思っているという前回の文章を読んで、私は井上光晴《みつはる》氏のことを想いました。

氏は生前に文学伝習所という小説などの創作講座の会を全国各地で開いていました。二十歳の頃に一度だけ参加したことがあります。目の前で見た生の作家は、声が大きくて眼光がするどくて、そして笑顔が優しい魅力的な方でした。

昼間は物を書くということに一切の妥協は許されないという姿勢を徹底して、お弟子さんたちに話していらっしゃいました。一升瓶を片手にコップでぐいっとそれをあおりながら語る文学論はすこぶる熱い。夜の宴会でもそれは続きます。お別れする時に「いいか、書いて書いて自分を作っていくんだぞ、分かったか」という言葉をひよこの私に下さいました。青春の終わり頃の私に、氏はその後の人生の切符を与えて下さったように思います。

実はお会いしたのは、この一度きりでした。次回も参加をしよう、きちんと入門をと思ったのですが、講話の中でご自身が発病を語っていらっしゃった大腸のがんが、ひどくなってしまいました。伝習所は閉じられてしまうこととなりました。これ以上に悪化したら、全ての活動は止める。残された人生は全て小説に注ぎ込むと、その場で宣言なされていました。その通りに、氏は抗がん剤の点滴を打ちながら、書斎へとこもります。

次々に新しい小説が雑誌に発表されていきます。「すばる」誌のグラビアに氏の近影と書斎の仕事場の様子が紹介されていました。とても痩せていて、涙が出そうになりました。しかし目の中の凛《りん》とした光は写真の中から届きました。
死ぬまで書く、凄《すさ》まじい人。いくつかの作品を本にまとめて、ご逝去なされました。私は「井上先生」と呼んでいます。たった一度しかお会いしていなくても、書くことの絶対さを空から教えて下さっています。

（二〇一四年十月十四日）

和合亮一さんへ　若松英輔より

「コトバ」を届ける

いま、アメリカにおります。遅れた自己紹介のようになりますが、私は十二年ほど前、仲間と一緒に有機栽培された薬草を輸入、販売する会社を立ち上げました。今回の渡米もその仕事のためです。

書くことと薬草商であることは、私の中では「届ける」という点において緊密な関係にあります。書くとは、内心の表現であるよりも先に、どこからか書き手に訪れる言葉を、必要としている人に届ける仕事のように感じることがあります。

そのために書き手は、言葉の通路にならなくてはならない。常にそれが実現できているなどとは思っていないのですが、それが書き手に託されていることであることは、書いているときよりも、むしろ、薬草を扱っているときに強く感じるのです。何らかの理由で治癒が必要な人は世の中に多くいます。むしろ人間は、毎日起こっている治癒のおかげで生き続けることができる。

また、医食同源という言葉があるように、薬草を摂《と》り入れることは、日々の食事と密接な関係にある、きわめて日常的なことです。

しかし、人は、しばしば自分が何を必要としているのかを知らない。薬草商とは、そうした人々に選択肢を提供する仕事だと言えます。「良薬口に苦し」という言葉があるように、必要なものは、必ずしも口に甘いものばかりではないのです。

薬草は、人間に内在する治癒力を起動させる働きを持ちます。植物が持つ、というよりも人間に摂り入れられると、体内のさまざまな働きと相まって、そうした働きを発揮する。

これは、言葉のもつ役割に似ています。言葉もまた、人間に伏在する生きる力に働きかけるものだからです。さらに、毒を含む薬草があり、取り扱いには慎重でなくてはならないところも言葉に近似しています。

昔の人々はこのことを体感的に認識していました。その証左が「言葉」という表現のように思われるのです。

言葉とは、言《こと》、すなわち事《こと》が、葉のようになって働きかけるものだと古の人々は信じた。人間に対してだけではありません。神々に草花をささげる習わしが広く行われているように、植物には、言語とは別な姿をしたコトバが潜んでいることを、古人は感じ取っていたのではないでしょうか。

（二〇一四年十月二十一日）

若松英輔さんへ　和合亮一より

集まってくる〈言葉〉

言葉とは何か。薬草のお話と重ねながらの興味深いお手紙を、ありがとうございました。福島の深くなってきた秋空を眺めながら、詩を書く者としていつも追いかけている命題について思いに耽《ふけ》りました。言霊ということにもあれこれとめぐらしている自分に気づきました。

今年の一月に亡くなられた詩人の吉野弘さんは、一つの〈言葉〉について取り憑《つ》かれてしまったかのように、何年もかけて考え続ける方でいらっしゃったそうです。

こだわりたい単語のようなものを、いつも頭や手帳の片隅に置いておくと、それにまつわるいろんな語が増えていく。発見が生まれていく。あの名作「I was born」の詩も「生まれる」とは、「生まれさせられる」という受け身形だったと息子が父に語る場面から始まります。そうやって数々の作品は産み出されていったのでしょう。このことについて「集めるわけではない、集まってしまう」とエッセイなどで語っています。

先日、現代文の授業をしていて、「魂とは何か」という話になりました。珍解答も含めていろんな答えを出してくれましたが、中には「存在」と言った生徒がいました。

例えば亡くなった方の遺《のこ》した愛用品などを、ずっと形見として持っているのは、そこにかつて生きて在った日々の「魂」を見出すことができるからなのかもしれない。なるほど。私の書斎の本棚に、祖母が逝ってしまう前に描いた一枚の貼り絵を飾っていることを話しました。

私たちの学び舎《や》は、森の中にあります。帰り道に、あまりにも落ち葉が鮮やかで、数枚拾ってみました。するとカバンを提げた生徒たちも加わり、競争のようなものになりました。夕暮れ。原色の世界。美しい葉の命の終わり。夢中でそうしているうちに、手がいっぱいになりました。

ふと吉野さんのフレーズが浮かびました。落ち葉も〈言葉〉も、集めているのではなく、私たちに集まってくるものなのだ。もっと心を澄まさなくてはならない。

（二〇一四年十一月四日）

和合亮一さんへ　若松英輔より

死者と生者つなぐ遺品

先の手紙で形見にふれてくださいました。今日は、先の和合さんのお手紙を足がかりに「遺品」の働きをめぐって考えてみたいと思います。

通常、遺品とは亡くなった人が残した物、遺物を指します。それは遺族を過去へと導くものだと思われています。しかし、当事者たちは少し違った実感をもっているのではないでしょうか。少なくとも私はそうです。もし人間が、死を経ることによって肉体が消えてなお、「生きている死者」として存在しているとしたら、遺品とは何を意味するのでしょう。

二〇一〇年二月七日に妻を喪いました。乳ガンだったのです。闘病生活は十年にも及んでいました。発見されたとき、すでにリンパ節に転移していました。妻の死は、私にとって言葉の宿りでした。妻の生前からも文章を書いていましたが、彼女の没後、私にとって書くことの意味はまったく変わりました。遠藤周作の師でもあった吉満義彦という哲学者が、妻を喪ったあと、死者の経験をめぐって次のように書いています。

私は自ら親しき者を失って、この者が永久に消去されたとはいかにしても考え得られなかった。否な、その者ひとたび見えざる世界にうつされて以来、私には見えざる世界の実在がいよいよ具体的に確証されたごとく感ずる。最も抽象的観念的に思われたであろうものが最も具体的に最も実在的に思われてきた。

（「実在するもの」『吉満義彦全集』第四巻、講談社）

死者を感じることは、世界の認識を根底から変える。かつて不確かに感じられていた不可視な存在が今は、確固たる実在に変じたというのです。

「遺品」もそのような存在ではないでしょうか。生者が死者を感じるとき、遺品は亡くなった人を懐かしむための何かではなく、死者と生者をつなぐ扉になる。しかし、扉があっても、私たちがそれを押すことがなければ、その奥の場所に進むことはできません。扉は、その先に広がりがあることを示していると同時に、人と内部を隔てるものでもあります。

ここで「扉を押す」とは、死者を感じているという素朴な経験に忠実であることではないでしょうか。あらゆる宗教的な教義から自由なところで、直接的な自己の経験に誠実であることではないでしょうか。このとき遺品は、単なる物的存在ではなく、悔恨や悲痛の契機でもなく、愛すべき者と再会することができる深く静かな歓喜の場に変じるように思われるのです。

（二〇一四年十一月十一日）

若松英輔さんへ　和合亮一より

形のない〈遺品〉

震災後、知人からある方のお話をうかがいました。福島県富岡町の浜辺で暮らしていて、津波により家と成人した息子さんとを流されてしまった、ご年配の女性のある呟きのことでした。

「亡くなった息子が好きだったの、巨人の星のテーマ。その子の思い出（の品物）も何もないの。探そうにも二十キロ圏内だから、もう戻れない」

遺品すら手にすることのできない、今回の震災の本質をここに知った気がしました。

亡くなった方の存在を形見としてそれに託そうとする……。この女性は、何もかも奪われてしまって、その記憶は彼が幼いころに好きだった歌にしか見つけられない。

若松さんの前のお手紙に「遺品」とは「死者と生者をつなぐ扉」とありました。それすら手にすることのできない方が、たくさんいらっしゃるという事実。息子さんの影を、かつてのぬくもりを、それにしがみつくようにして確かめている印象を持ちました。

形のない〈遺品〉。自分のことで思いめぐらすものがあります。小学三年生の時に、一緒に暮らしていた祖父が亡くなりました。初めて接した家族の死について、あまりにもの悲しくて、どうしたら良いか分からなくなったのを覚えています。そこで始めたのが、眠る前に祖父の位牌《いはい》に向かって「般若心経」を読むことでした。小学生ですから、実にたどたどしい。何回か、目の前で読んでくれた和尚さんの真似《まね》をしながら毎晩、声に出しました。小学校を卒業するぐらいまで、こつこつと続けました。

唱え終わるといつも、目の前がふと明るくなる気がしました。子どもにはほとんど理解できない言語の連なりですが、ずっと長く経文に接していると、それでも良く分かったような気持ちになってきます。

愛する人物の死と、言葉と向き合う。私にとっての止めどない詩作や朗読への意欲は、さかのぼると幼い日々の読経から根と幹とを持ち始めたのではと感じています。それそのものが祖父からもらった形見であるように思う時があります。

（二〇一四年十一月十八日）

和合亮一さんへ　若松英輔より

コトバこそ豊かな遺品

お手紙ありがとうございます。先のお手紙に書かれていたことに強く同意します。和合さんは深く、精確に感じとってくださいましたが、「遺品」の話を講演などでするとしばしば思わぬ誤解を受けることがあります。私は「遺品」が必要ないと考えているのではけっしてありません。それはかけがえのないものです。ですが、「生きている死者」を感じる者にとって、残された物は、単に過ぎ去った者たちを記念する物ではなく、今も共に生きている者との通路になるということなのです。だからこそ私たちは、遺影に語りかけ、そうした場に強い共感をもちながら佇《たたず》むことができる。

お書きくださったように「形見」のうち、もっとも強く残り続けるものは言葉ではないかと感じます。さらにいえば、言語を超えたコトバこそ、人間がこの世に刻み得るもっとも高貴なものではないかと思われます。

コトバは、確かに現代人が考える「もの」ではありません。しかし、「もの」は物質ではなく、存在を示す言葉であることを考えるとき、コトバこそ、もっとも豊かな「遺品」であるということもお分かり頂けるのではないかと思うのです。

昨年、石巻に講演に行ったときのことでした。主題は、悲しみと死者でした。悲しみとは、死者と離れてしまったことを示す感情ではなく、むしろ、私たちは死者が寄り添うのを感じるとき、悲しむのではないか。悲しみとは、世に言われるような悲惨な出来事ではなく、愛しみを全身で感じる出来事なのではないかという話をしました。

講演が終わって、質問の時間になりました。そのとき、息子を津波で失った女性が、確信に満ちた、しかし、静かな、落ちついた口調でこう語ったのです。

「悲しみは死者の訪れの合図だというのは分かります。私は津波で息子のものをすべて失いました。しかし、あるとき、風が吹く、するとそこに息子が語るのを聞くのです。言葉ではなく、心に直接語りかけてくるのです」

彼女の言葉を私は、会ったことのない彼女の息子の臨在を感じながら聞いていました。

今から振り返って見ると、亡き妻が私に遺してくれた、そして、今も与え続けてくれているのもコトバなのです。だから、私はこうして今も書いている。書くとき、私は、自分が生きている死者たちとともにあることを、ほとんど本能的に感じているのだと思います。


（二〇一四年十二月二日）

若松英輔さんへ　和合亮一より

涙は消えても残る声

震災の直後からしばらくして、福島・相馬の避難所で仕事をしている友人と幾度か連絡を取り合いました。浜の近くの街に居て、たくさんの生き死にの現実と毎日のように向き合っている、と。昼間は夢中で働き、夜は交代で眠りにつく。ふと夜中に止《や》むことのない風の音で目覚めることが多かったそうです。津波で流されてしまった人たちの声が聞こえてくるような気がして、悲しさと辛《つら》さでそのまま朝まで眠れなくなると話していました。

その後、会いに出かけました。震災後の再会の喜びを語り、施設の食堂でじっくりと話しました。ある一日の夕方に、少しだけ時間が空いたので、海のほうまで車で行ってみたそうです。船や家や車やランドセル……、大小さまざまの瓦礫。茫然《ぼうぜん》として眺めていると、年配の男性が一人立ち尽くしていたのが分かったそうです。しばらくその姿を見るともなく気にしながら、車の中から津波の後の浜辺を眺めていたそうです。

天気の良くない日。風と雨の中、やがて拳で顔をこするようにしながら大声で泣いて、男性はしばらくそうしていたそうです。家や船の残骸がところどころにあるその真ん中から、よろよろと自転車で戻っていく影をずっと見続けていた。そのことを呟きながら、しだいに彼の目に涙が溜《た》まるのが分かりました。そこはその人の家だったのか。そこに転がっているのは自分の船だったのか。そして家族はどうしたのか。

「あんな大人の人でもさ、げんこつでほっぺたをこすりながら、ぼろぼろ泣くもんなんだね」。そう言って、わあっと彼は涙を流しました。私もあふれてきました。

彼とその海辺に一緒に立って、手と頬に消えない何かを残した想いを抱きました。

涙は消えるものだけれど、声はいつまでも生き続ける。その時の絞り出すような友の話しぶりが、切ないピアノの演奏を聴いた後の感触のようになって、ずっと在りつづけています。

(二〇一四年十二月九日)

和合亮一さんへ　若松英輔より

悲しみからつながる

お手紙、強い共感のうちに、幾度も読みました。

人は、悲しみによって、もっとも強く、また、確かに通い合う。震災以後、すぐにそう感じられましたが、私にはすでに確信になりました。人生はいつも語られざるものによって支えられているように思えてなりません。

悲しみの経験は常に重層的です。悲しみの光と呼びたくなるような、私たちの人生の意味を照らし出す光は、いつも深みから射してくる。

悲しみを感じるとき人は、誰かと一緒にいても独りであると感じることがあります。孤独とはむしろ、誰かと共にあるときにいっそう強く認識されるのではないかと思うことがあります。

しかしこうしたときも、悲しんでいるのは自分だけではない。むしろ、世に悲しみを経験したことのない者などいない、この素朴な事実に気が付くだけで世界は一変する。

自分の悲しみに佇み、深みから響いてくる声にならない「声」に、こころを傾けるとき人は、誰もが悲しみを胸に生きていることを、そしてかえって悲しみによって他者と結びつくことを知ることができる。

日ごろは、世の喧騒《けんそう》にまみれて、誰もが自分のことに忙しくて、立ち止まって考えることが難しいのが現代です。そんなとき悲しみは、人間のこころにあって、容易に言葉になろうとしない思いを感受するために人生が与えてくれた契機でもあるように思われます。

大切な人を喪う。それは半身をうばわれるような経験です。あるとき人は、それでも人は生きて行かなくてはならないのかと、天を呪詛《じゅそ》するような思いにつつまれるかもしれません。しかし、そんな試練のとき、傍らにあって生者の危機を共に生きようとするのは死者となった、その大切な人なのではないでしょうか。

誰かを喪い、悲嘆にくれるとき人は、確かに自分が愛されたことを思い出し、そして、そのことを伝えようと死者にむかって、声になろうとしない嗚咽《おえつ》をもって呼びかける。このとき人は、悲しみの深みにいながら同時に、今、自分は確かに亡き者と、情愛と呼ぶべき何かによってつながっていることを知るのです。

人は、誰も死を知りません。死は、生者にとって永遠の謎ですが、死者は違います。多くの人にとって死者は、それが何であるかは語り得ないがしかし、実在する何ものかなのではないでしょうか。当然ながら、語り得ないことと存在しないことは、まったく関係がないのです。

（二〇一五年一月十三日）

万物を超えた朝の静寂

若松英輔さんへ　和合亮一より

原発の爆発後に避難を余儀なくされた福島・双葉の地域の子どもたちは、今もばらばらな場所の仮設住宅などに暮らして、それぞれの学校に通っています。小学生から高校生までの幾人かに郡山市のある山間の公民館に集まってもらって、春休みや夏休みなどに授業を行わせていただきました。正月が明けてからすぐに、泊まりがけで今回も行いました。その際に浪江町の請戸《うけど》港の近くに住んでいた女子生徒と、言葉を交わしたことが心に残っています。

港も含めてこの辺りの沿岸は、爆発してからしばらくして、立ち入り禁止となりました。波に流されたり、打ち上げられたりした方の救助にあたっていた自衛隊や消防団の方などが、全く入れなくなりました。現地の数人におうかがいしたところ、浜辺には命の助かったはずの方が、かなりいらっしゃったそうです。「見殺しにされた」という悲痛な声を、直接に聞いたことがあります。

彼女は涙を浮かべながら、請戸で起きたこと、知っている事実を自分なりにいつか話したいと呟きました。だけど今の私はまだ、きちんと語ることのできる力も、強さも持っていない。しっかりとそれをつけて、何があったかを伝えていきたい……と正直な気持ちを言ってくれました。

震えながらも自らの足で地に立とうとする心を見せてもらったように思いました。本当のことは言葉にできないところにこそあるのだ、と。

阪神淡路大震災から二十年。その日の朝、三時すぎには目を覚ましました。黙禱《もくとう》のための準備をしました。震災の日々、神戸のことを何度も思い返しました。気持ちの支えにしてきました。夜空に目を閉じて、祈りたいと思ったのです。家族を失った神戸の知人のある呟きが耳に響いた気がしました。「震災を毎日、昨日のことのように思い出している」。あらゆるものを超えた静けさが朝に訪れました。夜明けを知らずに亡くなった方々の沈黙。

（二〇一五年一月二十日）

和合亮一さんへ　若松英輔より

現代人が見失ったもの

お書き下さったように、誰もが胸の奥に容易に語り得ない悲痛を持ちながら生きている。でも何であるかを言うことはできないと人は、経験自体を心の奥の深い場所に封印してしまう。

言葉にならない以上、誰もそれを分かってくれることはない。想いの箱を開ければ、去来するのは苦しみばかりだと思い込む。私もそうした日々を生きてきたことがあります。しかし、ほとんど出口がないと感じられたとき、一条の光を見いだし得たのは読み、そして書くことによってでした。

それは私が書き手だったからではありません。言葉の道はおそらくほとんどすべての人に開かれていると思うのです。

伴侶の死を経験するまで私は、読む、あるいは書くことは主に、理性と知性の営みだと感じていました。感情を抑圧しないまでも、制することによって見えてくるものがあると思っていました。

間違いではないのです。感情は、それに身をまかせると、ときに人間を悲劇に導くことがある。あまりに感情に偏って世界に向き合うとき、人はしばしば大きく誤認してしまう。

しかし、今は、感情をめぐって異なる実感を持っています。この世には、理性と知性だけでは到達できない感情の境域がある。感情によって人は語り得ないことをも言語とは異なるコトバによって理解する。

ここでの「感情」は、激しい喜怒哀楽のことではありません。その奥にある静謐《せいひつ》な、しかし熱く燃えている「心情」と呼ぶべき情感です。

心情によって世界を感じる、この生活の原点を現代人は見失っているのではないでしょうか。釈迦《しゃか》に説法であることは承知しています。それは詩人の日常だからです。

しかし和合さん、現代の文学者たちはいつから、自らの思いを作品化するのに忙しく、万人のなかに「詩人」がいることを言わなくなったのでしょう。

人は誰も、いつから自分を救い出す言葉をわが身に宿して生きていることを語らなくなったのでしょう。それは罪ではありませんが、やはり大きな誤りであるように思われるのです。もちろん、あなたは現代日本における少数の例外のひとりです。

（二〇一五年二月二二日）

若松英輔さんへ　和合亮一より

相手あってこその「詩」

「詩とは何か」

かなり昔のことです。福島で開かれたある文学の講座で、詩に今まであまり触れてこなかったという方々に、このようなタイトルで講義をさせていただいたことがあります。夢中で話し終えた後に、一番前で聞いて下さっていた、ご年配の女性が話しかけて下さいました。お話をうかがっていて納得することがあった、と。

年老いた姉に会うために時々、仕事が終わってから、夕方の新幹線に乗って山形へと出かける。福島から、山形と仙台へと二つの方向に線路が分かれていくポイント。そこにさしかかる瞬間の夕暮れの風景を眺めると、なぜだかいつも気持ちがあふれてたまらなくなる。姉や家族たちと過ごした幼い頃の日々が頭の中をかけめぐり、ふいに涙が出てしまう。亡くなった父と母に無性に会いたくなる。これは詩ではないですよね。

私は即座に、それは詩ですと答えました。

そのまなざしの奥に見えた気がした、一つのイメージの鮮やかさをその後によく想い出すことがあります。若松さんが前回におっしゃっていました。私たちはいつから、万人のなかに「詩人」がいることを言わなくなったのでしょう……と。同感です。

しかし私もまたついこの間まで、そのことに思いを馳《は》せなかった書き手だったのかもしれません。お手紙を読んで、あらためて簡単なことに気づかされました。

詩とは相手がいなければ成り立たないのだということを。共に感じてくれる誰かの存在があって初めて、独りよがりではない心の現場性というものが生まれてくる。

「万人」に消費されない言葉を追い求めるあまり、ディスコミュニケーションというキーワードを頑《かたく》なに信じ込んでいる雰囲気が、現代詩のどこかにある。
内輪で囲い込んでしまったことにより生み出された、実体の無い幻想を疑う眼を持たなくてはいけないと思います。

（二〇一五年二月十日）

和合亮一さんへ　若松英輔より

読む・誦む・詠む

お書き下さったように詩だけでなく、文学はもともと、他者を招き入れる営みです。それなのに、現代の日本ではいつからか、誰もいない場所にむかって自己を表現することになっていました。

ここでの他者とは生者にかぎりません。それはリルケが言うように天使や死者といった不可視なものたちも含まれます。プラトンであれば、この列に超越者を加えるでしょう。

文学は、読むことと書くことに収斂する。朗読を聞くという営みもここでは「読む」に含まれます。また、文学とは言葉ではなく、その向こうにある不定形のコトバを感じ、そこに真善美を感じる営みであるともいえると思うのです。

文学は小説や詩、批評、戯曲といった形式のなかにだけあるのではありません。じつにさまざまなところで姿を変え、生きています。

たとえば仏教で経をよむ。ここでの「よむ」は「読む」ことであるとともに声に出して読誦《どくしょう》すること、「誦《よ》む」ことでもあります。このことは仏教だけでなく、イスラームをはじめ、さまざまな宗教で経験します。

鎌倉時代の僧で浄土宗の開祖となった法然は南無阿弥陀仏と唱えることに、日蓮は南無妙法蓮華経と題目を口にすることに、信仰の原点と究極があると考えました。

読経とは単に目で経文を追うことではなく、自分が、あるいは共にいる他者が発した言葉を浴びる行為です。

浴びるとは比喩ではありません。このことをもっとも鮮烈に経験したのはインドでイスラームのモスクを訪れたときでした。そこで人々は『コーラン』を読誦します。発せられたコトバはモスクに満ち、私たちに降り掛って来るように感じられました。さまざまな霊性の伝統は文学の秘儀を体感的に知っているのです。

歌を詠むといいますが、誦むは、詠むに近い言葉です。歌を詠むとは思いや願いを表現することに終わる営みではなく、世界に潜んでいるコトバを「よむ」行為であることが分かります。

講演などで何を読んだらよいのか、どう書いたらよいのかという質問を受けることがあります。しかし、私たちが改めて考えてみなくてはならないのは、読むとは何か、書くとは何かではないかと思われるのです。

なぜなら、私たちは本当に自分に必要なコトバは、必ず、自分で「読み」、自分で「書く」ことになるからです。人は人生の試練を生き抜くに充分なコトバをわが身に宿して生まれてきます。私は、そのことを書いていきたい。一人でも多くの人たちと、内なるコトバの働きをともに考えてみたいと願っているのです。

（二〇一五年二月十七日）

若松英輔さんへ　和合亮一より

〈潜み〉をたずねる

先日、福島県立美術館で「円空展」を見て参りました。木食僧《もくじき》にして仏師。彼が手がけた木像のたたえている笑みは、憂いや悲しみ、怒り、慈しみなどのあらゆる感情をのみ込んだアルカイックスマイル（口もとに微笑《ほほえ》みを浮かべた表情）と言えるものでした。彼はその時代の貧しさや厄災を引き受けるようにして、十二万体もの像を作りあげたそうです。五千体余が発見されています。

高村光太郎のある言が浮かびました。彼は詩を書くことも、やはり熱心に取り組んだ書も、自分にとっては言葉や墨による彫刻であるとエッセイで述べていました。

彫るということに執心したいところが生涯あった様子です。

前回のお手紙に、歌を詠むとは「世界に潜んでいるコトバを「よむ」行為」とありました。「潜んでいる」という言に、あたかも夏目漱石の『夢十夜』の第六夜の「木の中に埋《うま》っているのを、鑿《のみ》と槌《つち》の力で掘り出すまでだ」とある人物が述べている場面を思い出しました。正にそのような手つきで、一つずつ作り上げていったに違いない。歌人でもあった彼は、どのような歌を彫り探ろうとしたのでしょうか。言霊の姿を現出しようとしたのでしょうか。「柿本人麻呂」像も実に見事で息をのんでしまいました。

円を囲んで並んでいる三十三観音の群像を眺めていて、波にさらわれてしまった人々のことを想いました。手を合わせました。木の仏の存在にこれほど救われた思いを抱くとは。会うことのできない水平線の向こうの知人の姿に重なりました。五体の形や表情にこだわり続けた人生。最後は念仏を唱えながら、穴にこもり即身仏の道を選んだそうです。

私にとっての読むことも書くことも、言わば〈潜み〉をたずねつづける彫刻作業でありたい。そこに失われた人の影を宿したいのです。そして彼のように、旺盛でありたい。

明日で早くも五回目の三月十一日が訪れます。午後二時四十六分の静寂に黙礼を捧《ささ》げたいと思います。

（二〇一五年三月十日）

和合亮一さんへ　若松英輔より

3・11報道への違和感

今年も、多くの問題を残したまま三月十一日が過ぎて行きました。メディアはこの日の前後に様々な角度から被災地の現状を報じました。それらにふれていると次第に強い違和感が湧き上がってきました。

作家の遠藤周作は、人間の生には二つの次元があると語っています。一つは人生の次元、もう一つは生活の次元だというのです。

人生の問題は、しばしば明言することができない。しかし、私たちの心の中ではきわめて大きな場所を占めている。それは垂直線を描くように、縦に、私たちの生に深く根ざす。

一方、生活の問題は、私たちの五感にはっきりと訴えてきます。それは日常生活において水平線を描くようにどんどん横に広がって行く。ときに数値化することもできる。

人生と生活がともに重要であることは言うまでもありません。それは十字架のように交わっている。しかし、十字架の縦の柱がなければ横木が存在し得ないように、人生がなければ生活はありません。これは不可逆なのです。

しかし、メディアが報じていた多くは、被災地の生活をめぐってでした。それだけでなく、人々の人生の問題にふれることを穏やかに回避しているように思われたのです。

ときに遠藤周作は、人生と生活を、真実と事実と言い換えることもありました。私たちは事実として確認できることに目を奪われ、真実を感じようとすることを忘れているのかもしれません。

ことに二〇一五年度で終わるとされる「集中復興期間」をめぐる政府の態度には戦慄すら覚えました。彼らの話を聞き、日本という国は、この四年間、何が「復興」であるかを真剣に考えることなく進んできたことがよく分かりました。

あの烈しい違和感は、日本が今、目に見えない、いのちの存在を見失いつつあることへの大きな憤りだったのかもしれません。

和合さん、これが私からのひとまず最後のお手紙です。じつに寂しい。しかし、連載が終わったら会うとの約束通り、やっと和合さんにお目にかかれるのかと思うと、うれしくもあるのです。

一年間、お付き合いいただき、本当にありがとうございました。心から感謝申し上げます。

（二〇一五年三月十七日）

若松英輔さんへ　和合亮一より

想いと対峙し続ける

一年とは早いものです。例えば十年の間でも対話を続けられるのではないでしょうか、若松さん。めぐる季節の中を、一対一で向き合いながら、新しい思想・思考の引き出しや文体を見つけることができたように思います。泉のようにこんこんと湧き出てくる何かを感じ続けた一年間でした。お会いするのは連載が終了してからにしましょうという若松さんのご提案を守りましたよ。いよいよ直《じか》にお話をさせて頂くのが楽しみです。

福島の仲間たちと新しいことをやり始めようと思っています。「神楽」や「舞」

「踊り」を作りたいと動いています。古来、東北に伝わるそれらは無数にありますが、新作を創作してみようという動きは、地元の識者の知る範囲ではこれまで見受けられなかったとのことです。震災後、例えば岩手の「鬼剣舞《おにけんばい》」などいくつかの伝統芸能を拝見し、これらには災いや飢饉などの怒りや悲しみがそのまま納められていることを肌で感じました。

震災を起点として作りあげられるものがあるのではないかということが、発起人としての私の考えです。しかしここで悩むべくは何をどう形にして行けば良いのだろうかということです。ウンウンと唸《うな》りつつ口上や祝詞のようなものをノートに書き連ねています。ある時にこのことだけは守らなくてはいけないと筆先で直感しました。言葉にならない想いと対峙し続けるという姿勢こそが、書いている眼前に魂を宿す唯一の原則だということを。

思えば私たちは共にそれと向かい合ってきたように実感しています。そして決して言い得られるものではない本当をとらえようとする時、あえて何を語らないのかということこそを互いに無意識に選び、不足を分かち合おうとしていたように思います。これからも新鮮な諒解《りょうかい》がもたらされていくことを祈ります。

若松さんと親しい方から、楽しいお人柄だと伺っております。私とキャラクターが被るとも（笑）。初めて握手を交わす機会が待ち遠しいです。

（二〇一五年三月二十四日）

対談　言葉を人間の手に——往復書簡を終えて

詩人和合亮一さんと批評家若松英輔さんの「往復書簡」を二〇一五年三月まで、一年間にわたって連載してきました。福島と東京を結んだ書簡の終了にあたり、「連載が終わってから会おう」と約束していた二人の対談を行いました。東日本大震災後の日本の姿や文学者の役割などについて、じっくりと語り合いました。

若松　『東京新聞』の編集部の方から「往復書簡」のお話があった時、驚きました。和合さんは、もっとも会いたい方の一人だったからです。すぐに会って言葉を交わしたかったのですが、連載が終わるまで我慢しようと思いました。すぐに会える現代で、あえて会わずに言葉を交わすことの方が貴重なことのように感じられたのです。見えない人に書く言葉は、見えている人に書く言葉と違う。

和合　会うと「じゃあ、また会ったときに」となって、書簡の息遣いが変わったと思います。会わずにいたことで、深まりがありました。

手紙と朗読

若松　まずお聞きしたいのは、和合さんが詩を朗読する理由です。詩を書いて終わるのではない道を、なぜ選んだのでしょうか。

和合　朗読は二十年ほど続けています。特に震災後、自分の中で重要になってきました。聴衆の方と現場を共有できる。その感覚が自分の大事な物になってきました。

若松　現代の文学の世界では書くことが一番で、話すことの優先順位は高くない。でも、詩人としての和合さんの場合、両者が不可分です。これまで二人で続けてきたように手紙と朗読は、言葉を直に届けるという意味で似ていますね。

和合　発汗や筋肉の痛みといった身体感覚を、震災以前は、朗読がうまくいったかどうかの基準にしてきました。震災以降、僕が物差しにしてきたのは涙です。半分以上の時間、私が泣いていた朗読会もありました。

若松さんも涙のことをよく書かれています。若松さんも大切な方を亡くされていますが、ものを書く上で「死者とともに今私たちが暮らしている」というテーマに強く感じ入るようになったのは震災以降ですか。

個の悲しみ

若松　何と応えたらよいのか分かりませんが、書き手として、個の悲しみが、他者に語りかける源泉となり得ることを理解したのは震災以後です。

例えば愛する人を喪う。その問題を「個の問題」としてのみ考えていると、そこから出られなくなる。私もそういう時期があって、ずいぶん苦しみました。今回の震災では、それがいや応なく他者に向かって開かれた。理屈抜きで、苦しんでいるのは自分だけではないということが分かった。個の問題は他者に向かって開かれていく中で、新しい姿に生まれ変わる。それと同時に、自分の苦しみと悲しみが、逆にかけがえのないものであることも分かりました。

震災後、個の苦しみ、悲しみが軽んじられている気がしました。悲しみには人間を深くつなぐ働きがある。悲しみの意味は、今も大きな問題であり続けている。

和合　震災以降、被災者のインタビューを続けています。個の悲しさはそれぞれです。その言葉に、常に揺り動かされます。

若松　人間は簡単に共感できないが、思わぬところで共振する。共振は語り得ないが、ぷるぷると震えるように感じることができる。和合さんにとって、朗読は共振の出来事だったと思います。

和合　聞いている人と響き合う。「詩の礫」の経験と重なり合います。

若松　「詩の礫」はフォロワー同士がお互いにつながっていると感じました。和合さんと一対一の関係だけではない。そのことの意味が圧倒的に大きいと思った。

和合　僕は本当に追い詰められていて、「とにかく何かを残そう」と思っただけです。自分の中にみんなのメッセージが入ってきた。そして次に書く時は違う導きに向かう。船に例えると、帆先をフォロワーの人たちと一緒に少しずつ変えていった体験でした。

若松　すぐれた文学者は、言葉を道具と思うのではなく、自分が言葉の道具になっている。言葉に用いられている。その例ですね。和合さんが出てきたとき、現代において文学と「無私」が作品に結実した事件だと思いました。

人生と生活

和合　震災を語りながらも、虐待や孤独死といった普遍的な社会問題で傷んだ心と結び付くことはできる。震災は、あらゆる問題を語りうる物語性を持つ。そこまで掘り起こしたいです。

若松　震災は新しい問題を生んだのではなく、原発の問題をはじめ、むしろわれわれの中に内包していて気がつかなかった問題を露呈したのだと思います。

本当であれば、この問題に目はつぶれないと思いますが、もう一度見えないことにしよう、ふたをしようという動きがある。そのすり替えはさすがにできない。しかし、政治はこれまでもこうしたことを繰り返してきた。問題を問題として問うのは、政治の役割ではなく、むしろ文学者の責務なのではないかと感じています。

和合　私の同年代の友人らと話していて感じるんですが、自分たちの老後はどうなるのかという大きな不安をみんな抱えている。これは震災問題とも絡みます。自分が老いて何の力もなくなったときに、助けてもらえるのだろうか。若松さんが「往復書簡」の中で、人間の生には二つの次元があると書きました。縦に根ざす人生の次元と、横に広がる生活の次元。この二つが十字架のように交わっていると。被災地の問題は生活の次元でくくられる。そうすると、必ず「復興」の二文字で片付けられてしまう。人生の次元に立ち返った問題意識をないがしろにしてしまう、一番恐ろしい言葉です。

若松　現代は人生の座標軸を失っただけではなく、人生を語る場も失ったと思います。語り合うというのは、必ずしも言語で向き合って発言しなくてもいい。共振です。和合さんが朗読をするように、私も年に五十回ぐらい講演をします。私たちは言葉を運び続けるだけでなく、共振する場も作っていかなくてはならない。共振の出来事は、しばしば時代を超えて起こります。

和合　三月十一日に毎年、仙台市のメモリアルイベントで被災者の手紙や詩を朗読します。今回は行方不明の息子さんに宛てた手紙でした。「もう四年も会っていないから、君の服を買おうと思ってもどのくらい身体《からだ》が大きくなったのか分からなくなったよ」と。「あなたの息子さんと結婚します。必ず息子さんを幸せにします」と彼氏の亡くなった両親に報告する手紙もありました。中原中也が息子文也を失って書いた詩の一つ一つが私たちの心に届くのと、震災被災者の手紙は同じように思える。そういうところから、今、書かれるべき詩が見えてくるはずです。

若松　深く同感します。思想家の柳宗悦《むねよし》は、芸術家に美を独占させてはいけない、本当の美は民衆の生活の中にある、と主張しました。彼は日本全国をまわって日用品のなかに民藝を探した。私は同じことを言葉で試みたいのです。いわば、言葉の

「民藝」を発見したいのです。講演を全国でしているのは、文学を独占しようとしている文学者の手から文学を奪還するためです。浄土真宗の篤信家に妙好人《みょうこうにん》と呼ばれる人々がいます。彼等の多くは無学ですが、自分に宿ったことをじつに几帳面に書き記した。誰も顧みずに捨てられた手紙や切れ端の記述にも文学はある。書いたら捨てないでほしい。死んだ後、娘や息子が見るかもしれない。百年や二百年たってもいい。残しておけば誰かが見る。文学の射程を長く、広く、文学者以外に広げるのが文学者の役割だと思います。

可能性生まれる

和合　若松さんが薬草を扱うご自分の仕事について書簡に書いていたのと同じ頃、福島・双葉郡の会社の役員をしている男性に話を聞きました。もうすぐ仕事を引退し、双葉に戻って放射線量の低い場所で薬草の畑を作りたい、と。この状況で薬草を育てることが何かを伝えることになると話していました。

若松　震災は、よほどのことがなければ表に出ることがなかった可能性も露《あら》わにした。僕と和合さんもそうかもしれませんが、本当は出会わなかった人たちが出会っている。その方にとっての薬草のように、思いもしなかったことを思い始めている。注目していいことだと思います。

死別は、確かに苦しくて悲しい。けれど、自分にとってその亡くなった人がどれだけ大事な存在だったのかを、これほど激しく知る経験もないのです。そんなことを語ってゆきたいと思っています。あなたがこんなに悲しいのは、あなたがその人のことを深く愛しているからです。あなたがこれだけ人を愛し得ることを、あなたはこういうことがなければ知ることはなかった、と。文学者として、被災地の人と静かにこのことを考えて行きたい。

和合　それが本当に心で分かったときに、救われる方がいっぱいいらっしゃると思います。

（二〇一五年四月六、七日）

いま、静寂に向き合うということ
――あとがきに代えて

和合亮一

糸魚川の光景を写真に写した。すぐさまツイッターにアップをしてみた。すぐに若松さんからメッセージが来た。私の故郷です、と。富山での仕事のために真新しい北陸新幹線に乗りこみ、この往復書簡の記事のコピーの束、そして彼が解説を記している新しい原民喜の詩集（『原民喜全詩集』岩波文庫）などを読んでいた最中だった。何かに背中を押されているかのように想っていたところだ。この辺りがそうなのか。あらためて日本海の空を眺めながら、違うまなざしで心を馳せてみた。

会ったことのない方に手紙を書くということは実に不思議なものだと感じ続けた一年だった。普段なら直ぐにでも挨拶をしに出かけていき、親しく乾杯などをしながらあれこれと語り合い、すっかりと気心が知れてからこのような連載に入っていくのがこれまでの私の仕方である。食事をして杯などを傾けると相手と打ち解けていくのが分かる。酒を愛する詩人の一人として、出会った方との初めての語らいは何よりの楽しみでもある。

往復書簡。この連載終了の一年後まで、お会いするのは止めましょうという申し入れがあったと『東京新聞』の担当記者の石井敬さんからお伺いした。なぜなら今の若松さんにとって最も会いたい人物の一人が私であるからという旨であった。だからこそ一定の距離感を大事にしたい、と。そのどこか不思議な理由に、嬉しい、あるいはいささか寂しい心持ちになったことを覚えている。しかし企画にかける意気込みが、その提案から伝わってきて、心の手綱のようなものを締めたのだった。

無事に終わってから、ようやく若松さんとお会いしてあれこれと語り合い、すっかりと親しみを覚えている自分であることに気づく。同じ年齢だということが、なおさらに仲間意識を強めている。今後もあらためて対談や往復書簡の機会をいただきたいと個人的には思っているが、気心が知れた分だけ、会っていない時の空気感で文章を書き合うことは確かにもう出来ないかもしれないと分かる。

言葉だけで出会いを重ねて、それを続けていくということ。私たちのような物を書く人間とは、限られた近しい存在を除いてその連続を生きることを必然として選んでいるという事実を、あらためて前にしている気がした。友人のみならず会ったことがない多くの市井の人々にもたくさんの手紙を宛てていたという、彼がある時に触れた詩人リルケのエピソードは、私の心にいつも重なっていくものとなった。

情報機器の進化により、メールなどですぐにでもコミュニケーションをすることのできる文化が急速に広まった。少なくともついこの間までは、このような便利さが巷《ちまた》にあふれるとは全く考えられなかった。現代の気ぜわしい時間を逆回りする様に、こつこつと手紙を書くということに、しだいに新鮮な味わいを感じてきた。

加速していくさなかに見過ごしてしまう車窓の風景の一つ一つを、立ち止まりじっくりと見つめ直そうとすることに等しい感じがあるのではないだろうか。日本海のきらめきが、青い画用紙にちりばめられたガラス細工のようになってずっと車両の隣を走っている。彼はこの光と併走しながら、一九八〇年代の青春を過ごしていったに違いない。

ようやく会うことのできた最初の食事の席で雑談しているうちに、小林秀雄の講演を愛聴しているという事実が、不意にお互いに一致したのだった。私は現在も、買い揃えた小林のCDを書斎や車の中で良く流している。

彼は高校時代に学校へと通う電車の中で、ウォークマンの中のカセットテープを繰り返し聞き続けたそうである。想い返せば何百回か知らない、と。私は直感した。彼の旺盛な評論家としての感性はその経験で決定されたのだ。新鮮な青年の目に色々な表情を見せたのだろう、海原と空。若い耳の中にこだました小林の声とは、どのようなものだったか。水平線を眺める。

ふと五月の相馬の浜辺を思い返す。

あの日、相馬市蒲庭《かばにわ》の山田神社の全ては、津波により流されてしまった。その境内に避難をしていた四十数名の方々もみな巻き込まれてしまった。

今年（二〇一五年）の春、高台の南相馬市鹿島区北海老《きたえび》に仮社殿が建てられることになった。知り合いの方が宮司を務めていることから、お誘いを受けて着工の儀式に参列させていただいた。高台にある境内から見下ろすと、その下には小さな沼が見えた。そこでたくさんのご遺体が発見されたことを合間にうかがった。

鳥居だけがだいぶ前に、先んじて建てられていた。太い柱には、ある方が思いを込めて描いたという、四十数匹の鳥の姿があった。白い波頭の向こうへと飛び立っていく影を想いながら手を合わせた。あらためてこれだけのたくさんの死を、この喪失の重たさを、どう伝えたらいいのか。突然に遠くに見える崖のほうへと放り出されていくような気がした。

途方に暮れた。この静寂の残酷さをどんなふうに言葉に写し取っていくべきなのか。

じきに富山へとさしかかる。はっとする。

これほどの死を、事実を、きちんと受け止めることができないのは、私たち日本人が乗っている車両の速度が、あまりにも性急だからではあるまいか。少なくとも答えを見出したいのなら、勇気を出して、すぐにでも座り込んでいる列車から降りるべきなのかもしれない。

かつてこの眼前の空の下で彼は、いつも学校の道すがら異界のホームへと降りていこうとしていたのではあるまいか。厳しくも慈愛のあるあの独特の小林の声に導かれるようにして。時には途中下車し、あるいは乗り過ごすようにしていきながら、駅の風景の中にいつしか日々の速度にまどわされない、自分だけの時間と呼吸と言葉とを探すようになったのではないだろうか。

学生服を着て、懐かしい感じがするウォークマンのヘッドフォンを耳にしている、十代の終わりの若松英輔のたたずむ姿を次のホームで見かけた気がした。

北海老の海辺から戻ってきて、しばらくして夢を見たのだった。
私は夢中で、ある知人と語り合っている。
色んな話。笑ったり、おどけたり。
ゆっくりと、小さな道を歩きながら。
不意に手が触れた時、指が冷たいと感じた。
握ってあたためてあげようと思った。
どんなに重ねても、凍《こご》えている。
あたたかくならない。
その人は、うつむいてためらっているような、恥ずかしそうな表情をした。
私はたずねた。
どうしてこんなに冷たいのか。
しかし答えなかった。

知っているだろうにという表情を少しだけした。
私は不思議でたまらなくて、その顔をじっと見つめた。
そのさなかで、少しずつ目が覚めてきた。
この方は亡くなったのだと思い返した。

心の中の何が、この人物の事実を忘れ、あるいは教えようとしたのだろうか。
もう一度私にその死を伝えて、なぜためらいの素顔を見せたのだろうか。
目覚めても手の中に残ったのは、戻ることのない温度だった。

手をあたためる方法について、それからずっと想っている。

＊

こんなふうに薬草になぞらえて、丁寧に若松さんが語ってくれているところを良く思い浮かべる。「薬草は、人間に内在する治癒力を起動させる働きを持ちます」

「これは、言葉のもつ役割に似ています。言葉もまた、人間に伏在する生きる力に働きかけるものだからです」。その力へと向かって、共にボールを繰り返し投げていこう。この詩を最後に送りたい。

キャッチボール

野口武久

父親と少年が
キャッチボールをしている
雨のあがった休日
あかまんまが咲いている道
父親のミットに捕球音が響く
身体の芯が熱くなるまで投げ込め

咽喉につかえたものを吐き出すように
真っ直ぐ投げろ
込み上げる優しい涙は
胸から放《ほう》ればいい
どんな球でも
父親は君の球を受けてくれるだろう
変化球は覚えるな
器用な生き方は
いつかきっと人を悲しくさせるから
あかまんまの咲く小道
父親と少年の
キャッチボールは響く
あと何年

この親子のキャッチボールは続くのか
なんどでも
なんどでも父親を弾きかえすまで
強く心に納得する響きを投げろ
道行く人の心に響く球を投げろ

（『野の道——野口武久詩集』思潮社）

ここにあるのは父子の姿だが、あたかも同級生の子ども同士のやりとりのようになって、白球のキャッチボールを、私たちは目指してきたと思っている。これからも、変化球などを狙わずに真っ直ぐに、互いに投げ合うことができると良い。身体の芯が熱くなるまで。

若松英輔
1968年，新潟県生まれ．慶応義塾大学文学部仏文科卒．批評家．『三田文学』編集長．「越知保夫とその時代」で第14回三田文学新人賞評論部門受賞．著書に『涙のしずくに洗われて咲きいづるもの』(河出書房新社)，『魂にふれる』(トランスビュー)，『吉満義彦――詩と天使の形而上学』(岩波書店)，『内村鑑三をよむ』(岩波ブックレット)など．著者ホームページ http://yomutokaku.jp/

和合亮一
1968年，福島県生まれ．福島大学教育学部卒．詩人．国語教師．1998年に第一詩集『AFTER』(思潮社)で第4回中原中也賞受賞．詩集に『詩の礫』(徳間書店)，『廃炉詩篇』(思潮社)，『木にたずねよ』(明石書店)など．著書に，インタビュー集『ふるさとをあきらめない　フクシマ，25人の証言』(新潮社)，エッセイ集『心に湯気をたてて』(日本経済新聞出版社)など．著者ホームページ http://wago2828.com/

往復書簡 悲しみが言葉をつむぐとき

2015年11月19日　第1刷発行

著　者　若松英輔《わかまつえいすけ》　和合亮一《わごうりょういち》

発行者　岡本　厚

発行所　株式会社　岩波書店
〒101-8002 東京都千代田区一ツ橋2-5-5
電話案内 03-5210-4000
http://www.iwanami.co.jp/

印刷・法令印刷　カバー・半七印刷　製本・牧製本

ISBN 978-4-00-061079-7　Printed in Japan